청년을 위한 자취백서

청년을 위한 자취백서

발　행 | 2020년 11월 18일
지은이 | 심준보, 고결, 최원태
사진작가 | 양희수, 주동호, 이미진, 문정환
펴낸곳 | 주식회사 부크크
출판사등록 | 2014.07.15.(제2014-16호)
주　소 | 서울특별시 금천구 가산디지털1로 119 SK트윈타워 A동 305호
전　화 | 1670-8316
이메일 | info@bookk.co.kr

ISBN | 979-11-372-2365-3

www.bookk.co.kr

청년을
위한
자취백서

심준보 고결 최원태 지음

차례.

생애 첫 자취를 위한 청년들을 위해 이 책을 바칩니다.

이 책으로 조금이나마 도움이 되었으면 좋겠습니다.

대학생시절, 기숙사대신 자취방을 선택한 대학생시절 처음 부동산이라는 것에 대해 만나게 되었습니다. 같은 가격에 조금 더 학교랑 가까운 자취방, 조금 더 깨끗하고 조용한 자취방을 구하고 싶었지만 어려웠습니다. 자취 생활을 끝내고 취업을 하게 되어 다시 시작해야하는 자취 생활, 두 번째 부동산과 마주하게 되었습니다. 대학생 때보다 조금 더 규모를 늘려 오피스텔과 조금 더 넓은 투룸이 눈에 들어오기 시작했던 기억이 납니다.

그리고 직장생활과 사회생활을 하다보며 아파트로 가서 생활 해보고 싶은 생각도 자주 듭니다.

의식주 중에서 기본이 되는 집은.. 우리 청년에게 많은 걱정이 되고 있는 것이 사실입니다. 그들에게 이 책을 공유하여 조금이라도 도움이 되었으면 좋겠습니다.

 - 심준보, 고결, 최원태 -

경남지역 청년 사진작가들의 풍경사진을 책 중간 중간에 넣었습니다. 아름다운 경남의 풍경을 함께 즐겨 주세요!

- 양희수, 주동호, 이미진, 문정환 -

제 1 장

용어 : 이것만은 알고가자

〈 주동호 - 마산합포구 드림베이대로 〉

1평

180cm X 180cm로 3.3㎡

계약금

계약을 해약할 수 없도록 지불하여 둔 돈으로

보통 거래금액의 10%

월세

월단위로 집세를 내는 계약방식

전세

일정한 돈을 맡겼다가, 내놓을 때 다시 찾아가는 계약방식

임대인

돈을 받고 다른 사람에게 목적물을 빌려준 사람(집주인)

임차인

돈을 내고 목적물을 빌려 쓰는 사람(세입자)

< 주동호 - 창원 죽동마을 메타세콰이어 길 >

전용면적

공동주택에서 소유자가 독점하여 사용하는 부분의 면적

공급면적

전용면적과 주거공용면적을 합한 것을 공급면적

공용면적

복도, 계단, 옥탑, 현관, 경비실, 기계실, 보일러실, 지하실과 같은 전용면적 제외 공간

다가구

각 각의 독립된 공간에 여러 가구가 주거 하지만 단독등기만 가능한 주택

다세대

다세대는 독립된 공간과 더불어 각 호수별로 소유권이 주어지는 주택

〈주동호 - 마산회원구 양덕동, 집에서 밖으로〉

근저당

집주인이 돈을 빌리기 위해서 집을 저당으로 맡기고
돈을 빌린 것(=집주인의 빚)

보증금

계약을 맺을 때에 계약 이행의 담보로써 납입하는 돈

중계보수료

계약 체결 시 보수료를 중개인에게 지급

임대차 계약서

목적물을 임대하며 월세 또는 전세를 지불하는 것을
성립하는 계약서

등기부등본

부동산에 대한 일정한 권리 관계를 명시해 놓은
등기부의 내용을 옮겨놓은 문서

< 주동호 - 사천 >

전입신고

나 여기 이사했어요! 공식적으로 신고

(보증금 보호 및 예비군)

공제증서

공인중개사의 과실, 고의로 인해 계약자의 손해가

발생했을 경우피해금액 보상을 보증

확정일자

새로운 거주지로 옮겨 전입한 읍·면·동사무소에

전입 사실을 알리는 신고

암묵적 계약연장

계약이 묵시적으로 갱신된 경우에는 전 임대차와

동일한 조건으로 다시 임대 연장

인지세

재산상의 권리의 변동·승인을 표시하는 증서를 대상으로 그

작성자에게 부과하는 세

< 주동호 - 의령군 댑싸리 >

용어 이해 체크! : 용어쓰기

공동주택에서 소유자가 독점하여
사용하는 부분의 면적

전용면적과 주거공용면적을 합한 것을 공급면적

복도, 계단, 옥탑, 현관, 경비실, 기계실, 보일러실,
지하실과 같은 전용면적 제외 공간

새로운 거주지로 옮겨 전입한 읍 · 면 · 동사무소에
전입 사실을 알리는 신고

계약이 묵시적으로 갱신된 경우에는 전 임대차와
동일한 조건으로 다시 임대 연장

< 주동호 - 창원 주남저수지 왕따나무 >

제 2 장

확인 : 이것만은 확인 하자

< 문정환 - 창원 저도 연륙교 >

1. 채광 확인!

낮의 방과 밤의 방은 다릅니다. 낮에 방문했다면 채광을, 밤에 방문했다면 소음과 주변가로등을 확인해야 됩니다.

Tip.채광은 난방비, 습도에 많은 영향을 줍니다.

2. 수압 확인!

수압이 약하다면 정말 불편합니다. 화장실 및 싱크대 수압은 필수로 확인해야합니다. 세면대의 물과 변기의 물, 싱크대의 물 동시에 틀고 내려서 확인해보시고 물이 잘 빠지는지 확인을 추천합니다.

3. 습기, 단열, 외풍 확인!

창문과 천장, 벽 모서리 등에 곰팡이흔적, 부분도배 흔적을 확인하시고, 욕실에 환기가 잘되는지 확인이 필요합니다. 그리고 외풍이 드는지, 곰팡이가 있는지 창틀을 만져서 결로 확인 꼭 체크해야 합니다.

4. 치안 확인!

1층이라면 방범창이 있는지, 잠금장치는 어떻게 되어있는지 확인해야 됩니다. 그리고 주변 CCTV의 위치를 파악하고 집 근처에 편의점(도움가능)이 있는지 확인이 필요합니다.

〈문정환 - 마산 바다〉

5. 관리비 확인!

관리비는 매달 나가는 돈으로 예산에 들어갑니다. 포함된 관리비는 얼마인지, 연간 평균 관리비는 얼마인지, 관리비 지급방식까지 알아봐야하며 전 임차인이 사용한 관리비를 정산해야한다는 것 잊으면 안 됩니다!

6. 계약서 확인!

임대인과 계약자가 동일 인물인지 확인해야 됩니다. 계약서류, 등기부 등본, 임대인의 신분증이 일치하는지 확인하고 대리인일 경우 인감증명서, 위임장, 대리인신분증, 임대인과 통화하여 위임사실 확인(녹음하면 최고) 그리고 보증금은 임대인 명의의 계좌로 직접 송금을 합니다.

7. 등기부 등본 확인

등기부등본은 필수 확인해야 합니다. 근저당, 가압류 등 선순위 권리자가 있는지 확인해서 자신의 보증금이 안전하게 보호 받을 수 있는지 확인해야합니다. 근저당이 많으면 혹시나 집이 경매로 넘어 갔을 때 보증금이 위험하며 등본은 계약금 입금 직전 확인 잊으면 안 됩니다.

< 문정환 - 마산 진동 광암 방파제 >

다시 한번 체크!

학교 및 직장 버스정류장,
지하철역과 가까운가?

편의점, 병원, 약국, ATM기기 등
편의시설이 근처에 있는가?

원룸 주변에 가로등과
CCTV가 설치되어 있는가?

유흥가, 번화가 근처는 아닌가?

고깃집, 술집, 밥집이 있는 건물은 아닌가?

대로변에 있지는 않는가?

< 이미진 - 함안군 >

제3장

집구하는 순서 : 마음에 드는 집 계약하기

< 이미진 - 창녕군 >

매물의 탐색

매물을 탐색하는 방법은 여러 가지가 있어요. 대학교 근처 자취방을 구할 때는 학교 교내 홈페이지, 어플(직방, 다방, 모두의집, 피터팬의 좋은 방구하기 등), 부동산에 찾아가는 방법이 있어요. 5~7개 정도 리스트를 마음속으로 정하기

방을 눈으로 보기

꼭 방을 확인해야하는데 방을 확인하기 전에 미리 방주인에게 연락해서 날짜를 정하고 방을 구경하는 게 좋습니다.
방을 구경할 때 그 방에서 어느 것이 옵션인지 파악하는 것도 좋아요. 같은 건물에 옵션이 다른 경우도 있거든요.

방에 대한 정보 파악하기

필수적인 가전이 있는지, 관리비가 얼마인지, 셋톱박스, 인터넷은 공용인지, 평균적인 가스비, 전기비 확인하는 게 좋아요.
그리고 방이 마음에 든다면 해당 건물의 족보인 등기부 등본을 확인해요. 집주인이 집을 담보로 해놨는지 근저당을 확인해요.
집주인의 채무에 따라서 보증금을 못 받을 수도 있어요.

Tip. 등기부 등본은 무인 민원 발급기 또는 등기소에 방문하여 발급이 가능합니다. 방문이 어려운 경우 인터넷 등기소에서 수수료 700원을 지불 하면 확인할 수 있습니다.

< 이미진 - 의령군 >

계약하기

방이 마음에 들었다면 계약 전 가계약 금을 일부 지불하여
계약날짜를 정해요. 계약은 가장 중요하며 신중해야 해요.

임대인과 임차인이 부동산에 만나서 계약서를 작성하고 통상적으로
보증금의 10%금액을 임대인의 계좌에 입금해요
잔금을 입금하는 날, 나머지 금액을 입금하고 이사를 합니다.
중계수수료를 지불해야 안전하게 계약할 수 있습니다.

Tip. 계약기간은 1년으로 하는 것을 추천!
자취방이 마음에 들지 않는다면 1년 뒤 옮길 수도 있고, 집이
마음에 들었지만 집주인이 월세를 올린다고 한다거나 나가게
하려고 해도 1년을 거주한 임차인(자취생)은 법적으로 2년을 살
수 있는 권리가 생기기 때문.

이삿날

이삿짐 옮겨서 많이 힘들지? 조금만 더 힘내!
전입신고와 확정일자를 꼭 받아야 해요. 전입신고는 행정기관에
신고하는 절차이며 학정일자는
계약날짜를 법적으로 확인 받는 절차에요.
Tip. 전입신고와 확정일자는 계약한 집이 소재하고 있는
동사무소 방문 및 인터넷으로 처리 가능합니다.

< 이미진 - 창원 퇴근길 >

이삿짐 체크_1

화장실 욕실	샴푸, 컨디셔너		발 매트
	칫솔, 치약		칫솔치약홀더
	수건		욕실화장실 청소용품
	화장실휴지		곽 티슈
	바디워시,거품망		욕실슬리퍼

가 전	노트북, 마우스
	멀티탭, 충전기
	냉장고
	세탁기
	가스렌지(인덕션)
	밥솥
	헤어드라이기
	선풍기
	전자렌지
	에어컨

< 이미진 - 진해 안민고개 >

이삿짐 체크_2

휴식		커튼		전기장판
		이불, 베개		침대, 매트리스

주방		그릇	접시
		수저	싱크대거름망
		냄비	쟁반
		식용유	쌀
		프라이팬	위생봉투
		식칼, 도마	주방가위, 집게
		수세미, 세제	조미료
		밀폐용기	뒤집개
		컵	랩/호일

< 이미진 - 사천대교 >

이삿짐 체크_3

세탁		세탁세제		울샴푸
		섬유유연제		빨래바구니
		세탁망		빨래건조대
		옷걸이		빨래집게

생활		쓰레기봉투		쓰레기통
		접착제		청소도구
		돌돌이		테이프, 노끈
		책꽂이/선반		수납공간
		거울		면봉, 화장솜
		화장품 및 소도구		상비약
		손톱깎이		줄자
		물티슈		드라이버
		바느질도구		습기제거제

< 이미진 - 창원 본포리 >

제 4 장

팁 : 이것만은 참고하자

< 이미진 - 밀양시 >

건물을 한 바퀴 돌며 담배꽁초의 위치 파악하여
담배 냄새로 걱정을 주의해야 해요.

주변에 애완동물과 같이 사는 집이 있는지 파악해서
소음문제를 예방해야 해요.

벽을 통통 두드려서 울림정도 확인해봐야 해요.

나의 침실이 다른 집의 어디랑 붙어있는지도 확인해야 해요.

근린생활시설은 1금융권 전세대출이 안 돼요.

보일러 작동 여부, 방충망 훼손 여부, 소화기 비치 및 작동상태
확인 등 함께 확인하면 좋을 체크리스트.

< 이미진 - 마산시 구산면 >

부동산 중개수수료는 흥정가능

부동산 중개수수료는 영수증 꼭 받아두기

계약서는 무조건 꼭 다 읽어보고 물어보기

첫입주시 전체 동영상 꼼꼼하게 찍어두기

〈 양희수 - 남해군 갈화마을 〉

제 **5** 장

알아두면 좋을 정책

< 양희수 - 남해군 다랭이 마을 >

1. 행복주택

 대학생, 신혼부부, 청년 등을 위해 직장과 학교가 가까운 곳이나 대중교통이 편리한 곳에 짓는 임대료가 저렴한 공공 임대주택이다. 젊은 세대의 주거 안정 및 주거복지 향상을 목적으로 공급물량의 80%는 신혼부부, 청년, 대학생 등 사회적 활동이 왕성한 젊은 계층(20%는 노인·취약계층)에 공급한다. 주택은 학업과 업무에 집중할 수 있는 실용적인 공간과 문화와 여가를 즐길 수 있는 복합단지로 조성된다.

- 임대기간 : 최대 6년(거주 중 취업·취업·결혼시 최대 10년)
- 전용면적 : 전용 45㎡이하
- 임대조건 : 보증금과 임대료(주변시세의 60~80%)
- 입주자격 : 대학생, 취업준비생, 청년(만19~39세), 사회초년생
- 소득 및 자산기준 : 소득(약 540만 원~620만 원/3~4인 기준), 자산(2,300만 원~7,500만 원, 자동차 유무 등)

< LH 청약센터 홈페이지 >

2. 주거안정 월세대출

▶ 지원대상
-우대형의 경우 사회취약계층 수급자 중 무주택(세대원포함)
세대주인 자에게 지원
-일반형의 경우 부부합산소득 5천만원 이하인 자에게 지원

▶ 선정기준
● 취업준비생 : 졸업(고등학교, 대학교, 대학원)후 신청일 현재 만
35세 이하의 무소득자&부모 연소득 6천만원(기초생활수급자,
차상위계층, 한부모가정의 가구 포함) 이하
● 희망키움통장 가입자
● 사회초년생 : 취업 후 5년이내 만35세 이하인자 &
본인(배우자 포함) 연소득 4천만원 이하인자
● 근로장려금수급자 : 대출신청일 기준 최근 1년이내 수급사실이
인정되는 근로장려금 수급자 중 세대주(세대주로 인정되는자 포함)
● 자녀장려금 수급자 : 대출신청일 기준 최근 1년이내
수급사실이 인정되는 자녀장려금 수급자 중 세대주(세대주로
인정되는 자 포함)
● 주거급여 수급자 : 대출 신청일 현재 주거급여 수급자 중
세대주(세대주로 인정되는 자 포함)
● 부부합산소득 5천만원 이하

▶ 지원내용

-주거 안정을 위한 월세 대출을 지원

● 대출금리 : 우대형 1.5%, 일반형 2.5%

● 재원한도 : 월 40만원씩 2년간, 최대 960만원

● 대상주택 : 임차보증금 1억원 이하 및 월세 60만원 이하의 임차전용면적 85m이하 주택(읍, 면지역은 100m)

※ 단, 무허가 건물 등 불법건물과 고시원은 제외하며, 1년 마다 은행에서 내방하여 실거주 여부를 확인

● 상환방식 : 2년 만기 일시 상환(4회 연장, 최대 10년 가능)

▶ 신청방법

● 국민주택기금 총괄 수탁은행(우리, 국민, 신한, 기업, 농협은행)에 방문하여 신청합니다.

● 또는 주택도시기금 홈페이지(nhuf.milit.go.kr)에서 온라인 신청 가능합니다.

▸ 지원절차

서비스신청		대상자 확인		서비스 보장
은행 방문 또는 주택도시기금 홈페이지 온라인 신청	>	대상자 확인 (대출심사 및 대출승인)	>	신청 은행에서 대출금 지원

▸ 문의사항

● 주택도시기금 1566-9009

● 관련 사이트 주택도시기금포털 http://nhuf.molit.go.kr/

〈 주택도시기금포털 홈페이지 〉

3. 전세 임대주택

도심 내 최저소득계층이 현 생활권에서 거주할 수 있도록 기존주택에 대해 전세계약을 체결한 후 저렴하게 재임대한다. 대학(원)생 또는 만 19~39세이면서 전년도 도시근로자 월평균소득 100% 이하인 미혼 무주택 청년은 누구나 신청할 수 있다.

- 전세금지원 한도액 : 수도권 1억2,000만 원, 광역시 9,500만 원, 기타지역 8,500만 원
- 임대조건 : (본인 부담 보증금)100만 원~200만 원, (월임대료)전세지원금 중 본인부담 보증금 제외한 금액에 대한 연 1~2% 이내 해당액
- 임대기간 : 최초 2년, 2년 단위 2회 재계약 가능(최대 6년 거주)
- 청년전세임대 : 대학생, 취업준비생
- 신혼부부전세임대 : 신혼부부

▶ 단독·다가구·다세대·연립주택·아파트·오피스텔 중 국민주택 도움말 규모 [전용면적 85㎡(1인가구의 경우 60㎡)]이하
※ 보증부월세 및 월세주택은 주택소유자와 협의하여 전세주택으로 전환하여 계약 체결하되, 입주대상자가 원할 경우 기본 임대보증금 외 주택소유자에게 지급하는 월세를 입주자가 부담하고 1년치(3개월) 월세에 해당하는 금액을 보증금으로 추가 납부하는 경우 보증부월세 주택에 대해 지원 가능

● 전세금지원 한도액

▶ 수도권 : 9천만원, 광역시 : 7천만원, 기타지역 : 6천만원

※ 청년 전세임대주택의 경우 수도권 8천만원, 광역시 6천만원, 기타지역 5천만원

※ 쪽방의 경우 수도권·광역시 6천만원, 기타지역 5천만원

※ 공동생활가정의 경우 수도권·광역시 1억5백만원, 기타지역 7천5백만원

※ 지원한도액을 초과하는 전세주택은 초과하는 전세금액을 입주자가 부담할 경우 지원 가능. 단, 전세금은 호당 지원한도액의 250%(대학생의 경우 1인가구 150%, 공동거주 200%) 이내로 제한하되, 가구원의 수가 5인 이상시 예외인정 가능

● 임대조건

▶ 임대보증금 : 한도액 범위내에서 전세지원금의 5%

▶ 월임대료 : 전세지원금 중 임대보증금을 제외한 금액에 대한 연 1~2%이내 해당액(임대료의 0.5% 해당 대손충당금 별도)

※ 쪽방의 경우 임대보증금 50만원, 월임대료 연 1~2%

※ 청년 전세임대 : 임대보증금 100만원(1~2순위) 또는 200만원(3순위), 월임대료 연1~2%(1~2순위) 또는 연2~3%(3순위)

※ 소년소녀가정 등 : 만 20세까지 무이자 지원, 만 20세 이후 월임대료 연1~2% 이자 해당액(별도의 임대보증금 없음)

● 임대기간(청년 전세임대)

▶ 최초 2년, 2회까지 재계약(2년단위) 가능

● 신청방법(청년 전세임대, 신혼부부 전세임대 기준)

	신청방법
신혼부부	주소지 관할 주민센터에 신청
청년	지원기관에 직접 신청

4. 중소기업취업청년 전월세보증금대출

중소기업에 취업한 청년들에게 저리의 중소기업 취업 청년 전월세 보증금을 대출해주는 제도.

1) 중소기업취업청년 전월세보증금대출 신청조건

● 나이
만 19세 이상부터 만 34세 이하 주택을 소유하지 않은 무주택 세대주 또는 예비 세대주. 단, 남자의 경우 현역으로 병역의무를 마친 경우 만39세까지 가능.

● 중소기업 재직자
① 중소기업 취업자
대출접수일 기준 중소·중견기업 재직자(단, 소속기업이 대기업, 사행성 업종, 공기업 등에 해당하는 경우 대출제외)

② 청년창업자
중소기업진흥공단의 '청년전용자금', 기술보증기금의 '청년창업기업 우대프로그램', 신용보증기금의 '유망창업기업 성장지원프로그램' 지원을 받고 있는 자

● 연봉 및 자산 규모
신청자의 연 소득이 3500만원 이하이고 자산 2억 8천만원 이하여야 신청 가능. 2가지 모두 충족해야 함

● 대상주택

① 임차를 희망하는 주택이 전용면적 $85m^2$ 이하

② 임차보증금이 2억 이하

위 2가지 요건을 모두 만족하는 주택이어야 지원 대상

● 대출한도

최대 1억원. 대출금액은 임차보증금 100% 이내에서 1억원을 초과할 수 없음

● 대출금리

중소기업 청년 전세자금대출 금리는 1.2%

단, 자산심사 부적격자의 경우는 가산금리가 부과

● 이용기간

2년. 4회 연장가능하며 최대 10년간 이용이 가능함

최장 10년 이용 후 연장시점 기준에 미성년 1자녀당 2년 추가하여 이용할 수 있고 이 경우 최대 20년 이용이 가능함

● 상환방법

해당 주택 거주기간에는 이자만 납부. 주택의 계약이 종료되는 시점에 대출금 전액을 일시 상환

● 대출 실행 수수료

인지세: 신청자와 은행이 각 50%씩 부담

보증서 담보 취급시 보증료 발생

● 대출금 실행

대출이 실행되면 임대인(집주인) 계좌에 입금

단, 임대인에게 이미 임차보증금을 지급한 사실이 확인되면 임차인 계좌로 입금 가능함.

● 중도상환수수료 : 없음!!

2) 중소기업취업청년 전월세보증금대출이 가능한 전셋집

● 대출종류

① 보증금 100% 대출 - 주택도시보증공사에서 지원하는 대출.

단, 계약을 원하는 집이 대출(융자)가 없어야 이용할 수 있음

② 보증금 80% 대출 - 한국주택금융공사에서 지원하는 대출

● 대출이 불가한 주택

① 전세가가 매매 공시보다 높다면 대출 실행이 불가능

ex) 전세가가 5천만원인데 매매가가 4천만원인 경우

② 구하려는 집이 위반건축물인 경우 대출 실행이 불가능

3) 중소기업취업청년 전월세보증금대출 계약시 주의사항

● 특약 조항

① 입차인(세입자)의 대출 승인이 안 될 경우 임대인(집주인)은 계약금을 즉시 반환한다.

위 조항을 넣지 않는 경우 대출 승인이 안 될 시 계약금을 돌려받지 못하는 경우 발생

②현재 권리 상태를 유지한다.

● 준비서류

- 개인서류

신분증, 주민등록초본, 주민등록 등본, 가족관계증명서, 임대차계약서 (확정일자) 원본, 등기부등본

- 회사 서류

재직증명서, 사업자등록증, 고용보험 피보험자격 이력내역서(피보험자용), 소속기업이 발급한 국세청 기준 주업종코드 확인료 출력 (홈텍스 출력화면)

※주의. 준비서류는 1달 이내 발급 받은 서류일 것

● 취급은행

우리은행, KB국민은행, IBK기업은행, NH농협은행, 신한은행

〈 양희수 - 남해군 무지개마을 〉

옵션 체크리스트

	집1	집2	집3
에어컨			
세탁기			
냉장고			
가스렌지			
인덕션			
전자렌지			
TV			
신발장			
옷장			
침대			
도어락			
무인택배			
집 구조 (도면)			

〈양희수 - 남해군 두모마을〉

체크리스트 - 종합

-	집1	집2	집3
부동산명			
주소			
층수			
넓이			
벽지			
주차			
전기			
이중창			
난방			
결로			
보증금			
월세			
관리비			
방음			
수압			
반려동물			
엘베			
가스			
연식			
환기			
창문 수			
방향			
입주일			
역까지			
버스까지			
근린시설여부			

〈 양희수 - 남해군 설리마을〉